文‧圖——尤淑瑜

Mr. Panda

貓熊‧日常

好讀出版

貓熊君和橘貓次郎兄來到一座名為「拉思飄夏」的小鎮

他們已經忘記從幾年級開始變成好朋友了

他們都喜歡安靜，喜歡看書，喜歡很多很多的綠意

貓熊君愛看漫畫，橘次郎喜歡讀小說

兩人平靜的生活中，

貓熊君偶爾會為這餐要吃涼拌竹筍或竹葉拼盤而傷腦筋……

星期一　　　星期二　　　星期三　　　星期四

星期五　　　星期六　　　星期日

星期一　　　星期二　　　星期三　　　星期四

星期五　　　星期六　　　星期日

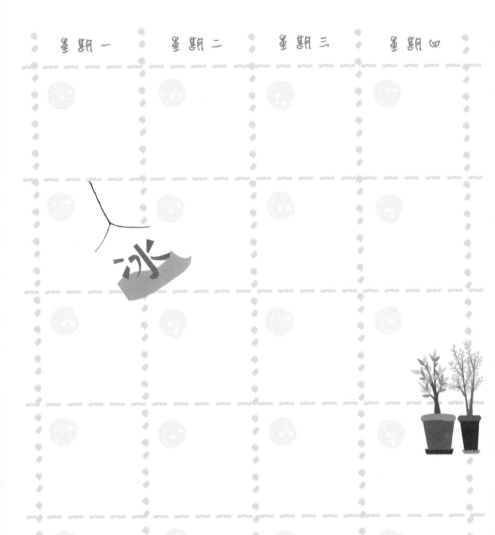

星期一　　　星期二　　　星期三　　　星期四

星期五　　　星期六　　　星期日

新的植物朋友來了

你們要和平相處

互相照顧

謝謝

這個花園有你們真好

難得的假期

兩貓一起在寧靜的午後泡湯

卻拿不定主意晚餐要吃清蒸鮮魚還是嫩筍拼盤

最後猜拳決定

殊不知，橘次郎永遠只能出石頭

今天遊客稀少

我來負責洗衣曬被

你來負責看家顧店

橘次郎說好朋友就該彼此互相幫忙

貓熊君說怎麼好像是我吃虧

炎炎夏日

脫不掉身上厚重的毛

來碗沁涼的草莓冰

每一口都是通體舒暢

惱人的思緒都不見了

星期一　　　　星期二　　　　星期三　　　　星期四

星期五　　　星期六　　　星期日

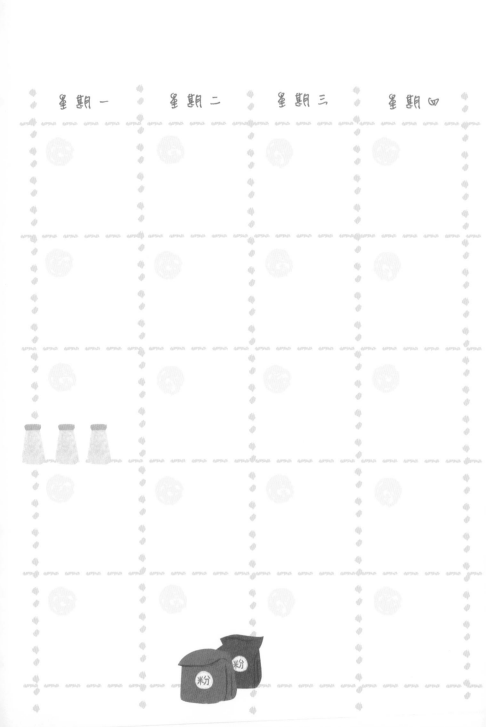

星期一　　　星期二　　　星期三　　　星期四

星期五　　　星期六　　　星期日

星期一　　星期二　　星期三　　星期四

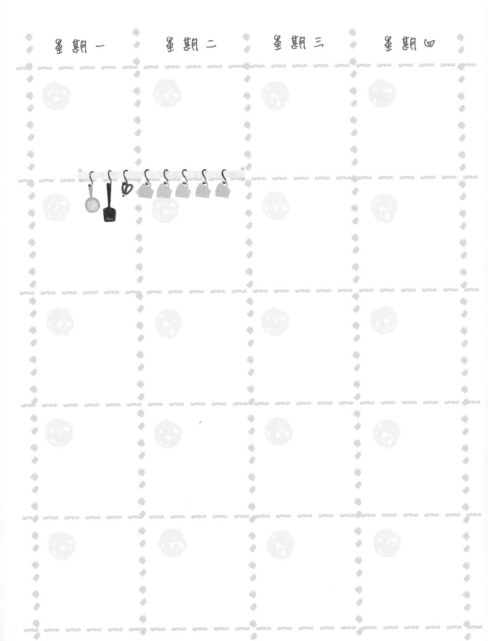

星期五　　　　星期六　　　　星期日

安靜的下午　徐徐的微風
吃到一半的零食和說到一半的故事
能過這種悠閒愜意的日子真是種享受　你說是不是？
我說有什麼話就在夢裡說吧

橘次郎不愧是做蛋糕的高手

但貓熊君也不賴

等不及要吃美味的窩窩頭餅乾

他也默默盤算著：這次一定要偷偷成功的在蛋糕上灑竹葉

浮不起來又沉不下去的貓熊君

一如往常擔任愛心導護小隊長

確保這些剛下課的孩子能平平安安回家

Mr.
Panda

沒有喇叭叫賣

沒有冷氣空調的行動書店

他們不只買書賣書

還賣行動閱讀座位

以及清涼的涼拌竹筍配小魚乾

BOOK STORE

星期一　　星期二　　星期三　　星期四

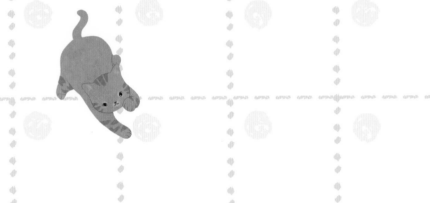

星期五　　　　星期六　　　　星期日

星期一　　星期二　　星期三　　星期四

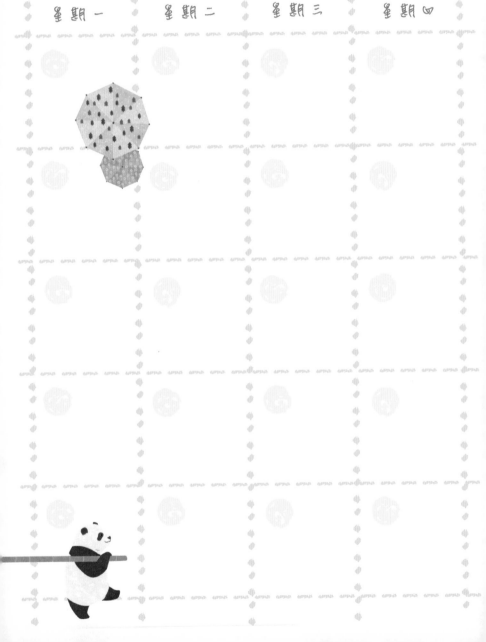

星期五　　　星期六　　　星期日

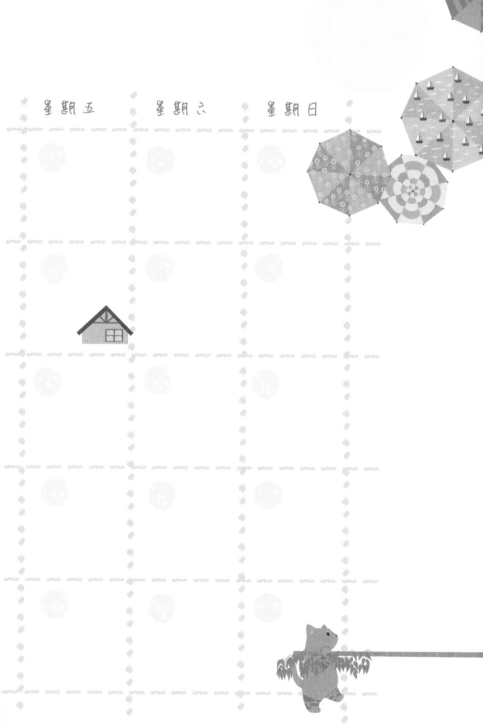

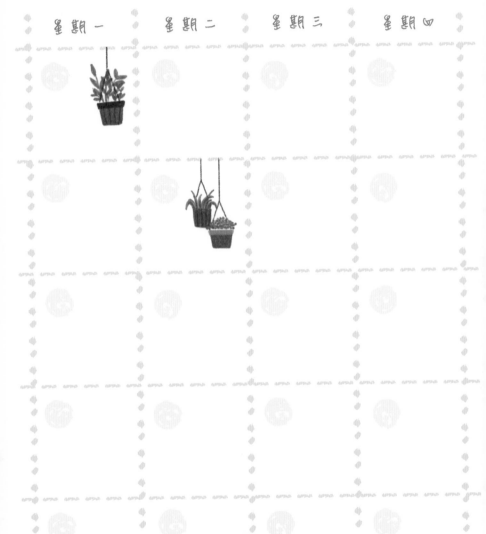

星期一　　星期二　　星期三　　星期四

星期五　　　星期六　　　星期日

想到晚上要料理鮮魚竹筍大餐
身體就輕盈了起來
通常只有在面對食物的時候
腦子才會特別靈活

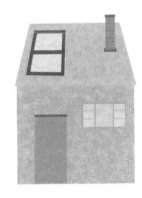

拉思飄夏小鎮以碰碰傘出名

只要互相碰撞傘緣

就會自動吸取對方傘上的圖案

每到下雨天，街上就是一道道的萬花筒

不過這樣新奇的景象也只有老天爺才看得到了

好朋友之間總會很有默契的

假藉慶祝之名

行飽餐一頓之實

今天慶祝院子裡的蘋果樹大豐收

大家怎麼還不來

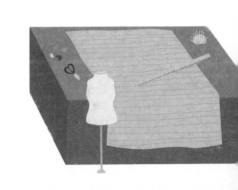

今晚天空特別乾淨

七彩眩目的煙火也特別清晰明亮

快一起坐下來欣賞

我們替你留了最好的位置

星期一　　　　星期二　　　　星期三　　　　星期四

星期五　　　　　星期六　　　　　星期日

星期一　　　星期二　　　星期三　　　星期四

星期五　　　星期六　　　星期日

星期一　　星期二　　星期三　　星期四

星期五　　　　　星期六　　　　星期日

每間屋子都有它的故事
黃色房子的狐狸先生
開了間糖果店
但他滿口蛀牙
綠色小屋的兔子媽媽為了
孩兒不吃紅蘿蔔大傷腦筋
岸邊的貓熊君
每天有聽不完的故事
一點也不無聊

貓熊君今年的生日願望

是成為充滿魅力的動物明星

大家特別送他一套訂製黑白西裝

橘次郎也替自己挑了件帥氣小背心

好襯托一下做著動物明星夢的那位……

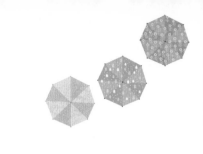

午安！今年菜園大豐收

另外還種了兩棵芒果樹

我們準備了滿滿一桌菜

歡迎鄰居好友作伙來品嘗美味佳餚

甜蜜蜜果子樹

只要裝滿籃子　就全是你的了

作者簡介 About Author

尤淑瑜 Erin Yu

東海大學美術系畢業，現居台中，喜歡繪畫、
音樂、動物。

生活中，有橘次郎、三吉這兩位很棒的生活夥
伴，他們都是橘子色、個性溫和的貓咪。希望
透過自己筆下創造出的動物樂園，向世界傳達
美好的訊息。

目前從事插畫、設計相關工作，合作對象包
括：聯合報、國語日報、三采文化、未來少
年、未來兒童、泛亞文化、好讀出版等等。

曾於壢新醫院藝術生活館、智邦生活館、貓雜
貨咖啡館，以及Bafa Cafe舉辦個人插畫展。

電郵：yu.erin@gmail.com

臉書粉絲專頁：橘次郎和牠的動物朋友

 好讀出版

小宇宙・彩虹 01
貓熊・日常 Mr. Panda

作者／尤淑瑜
總　編　輯／鄧茵茵
文字編輯／簡伊婕
美術編輯／幸會工作室
封面設計／賴維明、廖勁智（完稿協力）
發行所／好讀出版有限公司
臺中市407西屯區何厝里19 鄰大有街13 號
TEL:04-23157795　FAX:04-23144188
http://howdo.morningstar.com.tw
（如對本書編輯或內容有意見，請來電或上網告訴我們）
法律顧問／陳思成律師

戶名：知己圖書股份有限公司
劃撥專線：15060393
服務專線：04-23595819轉230
傳真專線：04-23597123
E-mail：service@morningstar.com.tw
如需詳細出版書目、訂書、歡迎洽詢
晨星網路書店 http://www.morningstar.com.tw

印刷／上好印刷股份有限公司　TEL:04-23150280
初版／西元2015年8月1日
定價／200元
如有破損或裝訂錯誤，請寄回臺中市407工業區30路1號更換
（好讀倉儲部收）

Published by How Do Publishing Co., Ltd.
2015 Printed in Taiwan
All rights reserved.
ISBN 978-986-178-358-1

國家圖書館出版品預行編目資料

貓熊・日常 Mr. Panda／尤淑瑜　文・圖
——初版——臺中市；好讀，2015.08
面；　公分，——（小宇宙・彩虹；01）
ISBN 978-986-178-358-1（精裝）
859.6
104010733